I0546863

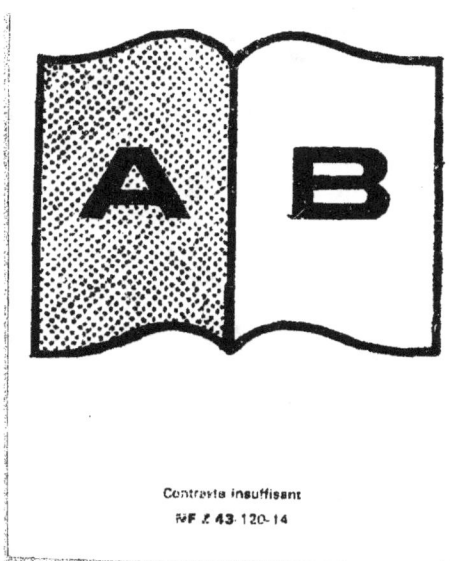

Contraste insuffisant
NF Z 43-120-14

Illisibilité partielle

Valable pour tout ou partie
du document reproduit

Couverture inférieure manquante

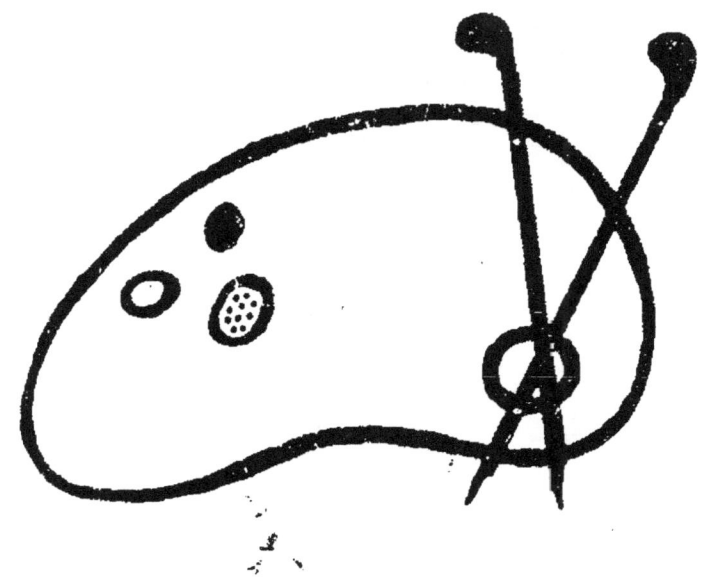

Original en couleur

NF Z 43-120-8

LE POÈTE

JEAN REGNIER

Bailli d'Auxerre

(1393-1469)

PAR

M. Ernest PETIT

EXTRAIT du *Bulletin de la Société des Sciences historiques et naturelles de l'Yonne*, 2me SEMESTRE 1903.

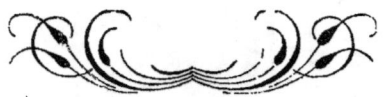

AUXERRE

TYPOGRAPHIE ET LITHOGRAPHIE Ch. MILON, RUE DE PARIS

—

1904

LE POÈTE JEAN REGNIER

BAILLI D'AUXERRE

(1393-1469)

Par M. Ernest PETIT

DOCUMENTS INÉDITS

I

Voici un poète contemporain de Charles d'Orléans et d'Alain Chartier, qui n'est pas tout à fait inconnu, mais qui est assez généralement ignoré. Quelques amateurs de notre vieille poésie française et quelques curieux de l'histoire du pays où il est né se sont seulement intéressés à sa biographie et à ses vers. D'ailleurs, comment connaître un auteur dont on ne possède que quelques exemplaires ? Il est assez juste cependant, que Jean Regnier, le prototype de Villon, prenne le rang qu'il doit occuper parmi les poètes du XVe siècle, dont le nombre est si restreint. Non que ces poésies soient de tout point incomparables, mais si le nom de François Villon est connu de tout le monde, très peu de personnes ont entendu parler de Regnier, et cependant le second a été le précurseur du premier. Dans l'un comme dans l'autre, on trouve un testament, des ballades à la Vierge, des chansons, des rondeaux à des dames, les mêmes inspirations, le même style.

Nous ne voulons établir entre les deux poètes aucun parallèle qui pourrait humilier notre compatriote, mais il nous est à peu près démontré que les vers du bailli d'Auxerre, poète officiel du duc de Bourgogne, étaient connus de Villon. Car Philippe le Bon et le comte de Nevers entretenaient avec le duc Charles d'Orléans à la cour de Blois, des correspondances poétiques, ainsi qu'avec Jean Regnier. Et comme Villon était lui-même commensal de la

1

cour de Blois, il devait assurément connaître les productions de ce dernier (1).

Les *Fortunes et Adversités* ont été en partie faites, en 1432, dans la prison de Beauvais, et par suite le testament de Regnier est antérieur de trente années à celui que composa Villon dans la prison du Châtelet. A cette date, le bailli d'Auxerre vivait encore, et diverses pièces composées à cette époque sont reproduites dans son livre.

Les premières ballades du recueil sont faibles et la versification est lourde, mais plus tard la veine s'assouplit et l'on rencontre une hauteur de sentiments et une simplicité naïve qui charment. Après cinq siècles écoulés, après tant de changements dans les mœurs et dans le style, à travers des tournures de phrases étranges émaillées de vieux mots, au milieu de vers parfois mal équilibrés, vous êtes étonné de rencontrer dans cette langue, qui est presque une langue morte aujourd'hui, des passages charmants.

Lisez cette ballade qu'il composa lorsque, cherchant à Gournay caution pour sa femme et son fils restés en otage pour lui, il rencontra une jeune fille, mademoiselle de Blangis, qui tenait prison pour son père, et qu'il délivra de ses fers, en donnant pour sa rançon une partie de l'argent qui devait servir à la libération des siens.

Voyez-vous cette fraîche idylle retrouvée dans le livre d'un poète oublié du moyen-âge. Voilà de la bonne et de la vraie poésie, empreinte d'une grâce délicate, avec les sentiments les plus purs de l'âme et du cœur ! Cela vaut bien *les Repues franches* de maistre Villon, et la *Ballade à la grosse Margot*.

Regnier est un poète égoïste, et cela se comprend, puisqu'il n'a primitivement fait des vers que pour raconter ses malheurs. Il se confesse avec une bonhommie plaisante ; il fait des retours sur lui-même ; il rappelle les jours heureux de sa jeunesse et de sa vie. Le désenchantement amer des choses du monde n'exclut pas chez lui le sentiment du bon et du beau, qui survit à la perte de toute illusion. C'est une poésie neuve et naïve, aussi curieuse pour l'érudit que pour le poète, et qui fait connaître les mœurs du moyen-âge. Ce qui frappe surtout, c'est ce sentiment de résignation profonde, et parfois ces élans de gaîté, cette gaîté gauloise, ou plutôt bourguignonne, qui transsude à travers tous ses malheurs, et que les barreaux du cachot ne peuvent emprisonner.

C'est en 1524 seulement qu'une publication postérieure fit con-

_____

(1) On pourrait affirmer que François Villon connaissait Jean Regnier, s'il était prouvé qu'il tirait son nom du village de Villon, en Tonnerrois.

naître les *Fortunes et Adversités* (1), alors que Villon, mort depuis longtemps, avait été plusieurs fois réimprimé. L'éditeur, Jean de la Garde, les dédiait à un parent de l'auteur, Claude le Marchand, chevalier, seigneur du Bouchet et élu d'Auxerre. Mais on touchait à la Renaissance, et ces poésies, dont le style avait vieilli, passèrent inaperçues malgré l'originalité de l'œuvre.

La Croix du Maine et du Verdier consacrèrent quelques lignes à ce petit livre dans leur *Bibliothèque française*.

L'abbé Lebeuf, dans son *Histoire d'Auxerre*, puis l'abbé Goujet, dans sa *Bibliothèque française*, en parlèrent plus longuement.

En 1843, M. Challe, président de la *Société des sciences historiques et naturelles de l'Yonne*, publia des fragments de ce volume dans *l'Annuaire de l'Yonne*.

Vingt ans après, le *Bulletin du Bibliophile*, de Techener, donnait un autre article intéressant du marquis de Gaillon, et éveillait l'attention de plusieurs amateurs et bibliophiles qui firent reproduire les *Fortunes et Adversités*, à cent exemplaires seulement, chez M. J. Gay, à Genève. Cette seconde édition est précédée d'une notice de Paul Lacroix, mais elle est très fautive, et ne donne pas les gravures sur bois de la première.

Un nouvel article de M. Challe, dans le *Bulletin de la Société de l'Yonne*, 1873, p. 377-403, n'apporte pas d'indications biographiques plus nouvelles que celles données par ses prédécesseurs et par Jean Regnier lui-même dans son livre.

Enfin, Petit de Julleville, dans la *Revue d'histoire littéraire de la France*, 1895, p. 157-168, a consacré quelques pages à l'examen et à l'appréciation de l'œuvre du bailli d'Auxerre.

Si l'édition de Genève n'a été tirée qu'à cent exemplaires, on ne connait que trois ou quatre exemplaires de la première : un à la Biblioth. nat. (Réserve Y 4471); un à la Bibliothèque de Versailles, qui avait appartenu à l'abbé Goujet ; l'exemplaire de la vente White Knigts en Angleterre, qui est peut-être le même que celui de la vente du baron Pichon, acheté 5.400 francs, sans les frais, par Giraud de Savine, et enfin l'exemplaire, avec des feuillets refaits à la main, qui a figuré dans la vente Portalis.

On devait supposer qu'un personnage, investi de plusieurs fonctions importantes sous les ducs de la seconde race, n'avait pu passer inaperçu sans laisser trace de son passage et de ses actes dans les archives de l'ancienne Bourgogne. Nous avons rencontré, en effet, nombre de documents, de chartes, d'autographes même,

---

(1) L'exemplaire en caractères gothiques est un petit in-12, de 144 feuillets, orné de bois assez lourdement exécutés.

émanant du bailli d'Auxerre, portant sa signature et son sceau. Les comptes généraux du duché ont conservé le souvenir des libéralités de Philippe le Bon à son égard, et les dossiers de la Bibliothèque nationale permettent de rétablir les noms de ses parents.

Ces notes, réunies il y a plus de vingt ans, étaient destinées à une nouvelle édition que d'autres travaux ne nous ont pas permis de mettre sur pied. Le marquis de Montaiglon, professeur à l'école des Chartes, que la question intéressait, nous fit l'honneur de nous offrir sa collaboration pour cette réédition. La notice et les documents lui furent remis, mais la mort de ce regretté savant, arrivée peu après, nous valut la restitution de ces dossiers sans emploi. Nous publions aujourd'hui la notice biographique déjà ancienne, avec l'espoir que d'autres chercheurs pourront la compléter plus tard.

II

Dès le milieu du XIVe siècle, il y avait à Auxerre une famille bourgeoise du nom de Regnier, qui occupait des fonctions importantes. La plupart des membres de cette famille nous apparaissent avec le prénom de Jean, soit en qualité de changeurs ou d'orfèvres (1), soit comme échevins (2), soit comme officiers du bailliage (3). Tous ces personnages étaient originaires de Vézelay, où ils exerçaient la profession de changeurs, et dont notre poëte signale la parenté dans son livre.

En 1376, Jean Regnier, l'aîné, était garde du scel de la prévôté; et à la même époque, Jean Regnier, le jeune, était lieutenant du bailli, puis lui-même fut nommé bailli, en 1380, charge qu'il ne paraît pas avoir occupé longtemps (4).

Plusieurs personnages du même nom sont fréquemment cités à

(1) Arch. de la Côte-d'Or, Comptes de Noyers, B. 5522. — On lit à la date du 8 décembre 1356, « à Mgr de Noyers, la sepmaine après la conception Notre-Dame, l'an LVI, pour pourter à Bourdeaux pour la rançon Mgr, VIXX et X escus de Philippe, lesquelx le dit Girardin et la gent Mgr acheptèrent à Auceurre de Jehan Regnier, changeur, et cousta la pièce XXXVII s. VI d....... CCXLII l. XV s. »

(2) Lebeuf, *Histoire d'Auxerre*, anc. éd., t. II, p. 468.

(3) Lebeuf, *Histoire d'Auxerre*, id. — Il y avait aussi, en 1355, un Simon Regnier, qui était bourgeois et hostelier à Auxerre. (Arch. de la Côte d'Or, B. 5521).

(4) Ces deux personnages figurent dans le même acte. Jehan Regnier, le jeune, avait domicile dans une maison dite au chemin commun du

la fin du xiv° siècle et au commencement du xv°, comme officiers du bailliage.

Jean Regnier, l'auteur de ces poésies, était fils de Pierre Regnier, écuyer, prévôt d'Auxerre, et de Marguerite Vivienne (1). Pierre, qui figure encore parmi les échevins de 1410 (2), mourut peu après, car Marguerite Vivienne, demeurée veuve avec la garde de son fils, afferme comme telle à Jean Baloreau, le 31 mai 1411, les biens qu'elle possédait en la seigneurie de Laduz (3).

Un Jean Regnier est cité comme écuyer, le 27 mai 1413 (4). Nous ne savons si cette qualification doit être appliquée à notre poëte. On trouve l'année suivante un lieutenant du bailli portant le même nom et chargé de diverses missions, mais la jeunesse du personnage, encore mineur deux ans auparavant, ne laisse pas supposer qu'il put être revêtu déjà d'emplois si importants.

On ne doit pas s'éloigner beaucoup de la vérité en faisant naître Jean Régnier vers 1393. On ne connait de son enfance et de sa jeunesse que ce qu'il a bien voulu nous apprendre lui-même. Il avait étudié l'histoire grecque et romaine ; les poëmes et les romans français lui étaient familiers ; la peinture ne lui était pas étrangère ; puisqu'il faisait dans sa prison

« . . . . mainte coloigne
« Et des ymages assez beaux. . . . .

Il savait jouer de divers instruments :

« Adieu mes orgues qui sont belles,
« Adieu fleustes, adieu vielles. . . . . . .

Enfin, il possédait une somme de savoir qui n'était pas com-

bourg de Saint-Eusèbe, Lebeuf, *Histoire d'Auxerre, loco citato.* Consulter aussi pour ces premiers Regnier, dont la généalogie est difficile à établir, l'*Annuaire de l'Yonne*, 1883, p. 70-222, A.-M. Moreau, *Guerchy et ses seigneurs*, et *Annuaire de l'Yonne*, 1896, p. 152-188, *Les prieurs de Branche et les seigneurs de Guerchy-Pruniers*, du même auteur.

(1) Bibl. nat., cabinet des titres, art. Regnier, titres orig., t. LV, 159, fol. 1.

(2) Lebeuf, *Histoire d'Auxerre.* Pierre avait été aussi échevin en 1387-1388. — Autres titres de novembre 1397, 10 août 1400, 19 avril 1406, dans lesquels Pierre est qualifié d'écuyer (Bibl. nat. et Arch. de la Côte-d'Or). — Le 14 novembre 1407, Pierre était encore garde du scel de la prévôté d'Auxerre (Bibl. nat., titres originaux au mot Regnier, t. LV, 159, fol. 1).

(3) Bibl. nat , *id.* Laduz est une terre de l'Auxerrois.

(4) Bibl. nat., *id.*

mune parmi les gentilhommes de l'époque. Il avait autant de connaissances que Charles d'Orléans, qui se vante dans ses ballades de connaître *les VII arts* (1). C'était le *nec plus ultra* du savoir au xv° siècle.

Les voyages étaient alors le complément de toute éducation soignée. Jean Regnier voyagea beaucoup. Il parcourut l'Italie, la Dalmatie, la Sicile, la Grèce, la Morée, la Roumanie, l'Arménie, la Syrie, l'Egypte, diverses îles de la Méditerranée, la Palestine et Jérusalem. On a supposé, sans preuves, qu'il avait accompagné en Orient le sire de Savoisy, son compatriote, condamné à faire une croisade pour expier le meurtre commis par ses gens sur des étudiants de l'Université de Paris. Il faudrait savoir si cette croisade coïncide avec l'époque probable des voyages de notre poète, mais on peut être assuré que les riches changeurs de Vézelay et d'Auxerre, en relation avec les comptoirs de ces pays lointains, pouvaient offrir à un des leurs le luxe d'un semblable voyage et d'un aussi long itinéraire.

Jean Regnier rapporta de ces excursions un esprit entreprenant et chevaleresque, l'expérience des hommes et des choses, et un vif désir de se mêler aux événements politiques de l'époque. Pendant cette lutte fratricide des Bourguignons et des Armagnacs, dans laquelle les princes du sang se disputaient l'honneur de gouverner les affaires de l'Etat, il prit le parti du duc de Bourgogne, dont les Auxerrois avaient embrassé la cause. Attaché d'abord à Philippe le Bon, comme écuyer et échanson, il put prendre une part active aux événements militaires de cette période agitée.

Il y a lieu de croire qu'il assista au siège de Cravan, en 1423, et comme son nom se retrouve dans divers documents, avec ceux de Gui de Bar et du Maréchal de Chastellux, il est permis de supposer qu'il dut au crédit de ces personnages l'honneur d'occuper une place qui exigeait du titulaire un zèle et un dévouement sans bornes.

Après l'alliance de la Bourgogne et de l'Angleterre, et après la cession de l'Auxerrois au duc Philippe le-Bon, ce dernier prit possession de son nouveau domaine, le 13 juillet 1424, et à cette même date confia les fonctions de bailli d'Auxerre à Jean

---

(1) On classait ainsi les sept arts libéraux : la grammaire, la dialectique, la rhétorique. C'était ce que l'on appelait le *Trivium* ; puis, l'arithmétique, la géométrie, la musique ou chant d'église et l'astronomie. Ces quatre arts formaient le *Quadrivium*. Le plus grand effort de l'esprit au moyen-âge était de posséder le *Trivium* et le *Quadrivium*.

Regnier, son échanson et conseiller (1). Ce n'est donc pas en 1426, comme l'a dit l'abbé Lebeuf, et tous ceux qui l'ont répété après lui.

Il est certain que Regnier était marié à cette époque et qu'il avait déjà au moins un fils. Il avait épousé Isabeau Chrétien, dame de La Fontaine, laquelle était héritière par ses père et mère de Pierre de Bourbon, écuyer (2).

L'année suivante, on a trois certificats et quittances du même bailli (3), qui ne se dit plus échanson, mais pannetier du duc. Le sceau appendu à ces documents est le même que celui que nous retrouvons ailleurs et dont on donne la reproduction.

En février 1431, Jean Regnier est député par les habitants d'Auxerre, avec Pierre de Longueil, évêque de cette ville, pour aller à Dôle demander du secours au duc de Bourgogne contre les ennemis qui les pressaient vivement (4).

En avril 1431, notre bailli, ainsi que Gui de Bar, seigneur de Presles, les sires de Chastellux, de Mont-Saint-Jean, de la Guiche, de Vaudrey, de Rochefort, accompagnés de huit cents hommes d'armes, escortent un convoi de vivres destiné au ravitaillement de la ville d'Auxerre (5). Regnier fut reçu en montre à Montréal-en-Auxois, où l'on passa la revue de toutes les compagnies (6).

III

Ici commencent les infortunes et les malheurs du bailli d'Auxerre. Au mois de janvier 1432, il fut envoyé en mission ; il portait de la part du duc de Bourgogne des lettres dont la teneur

(1) Arch. de la Côte-d'Or, comptes de l'Auxerrois, B. 2566. — Les lettres de nomination du bailli d'Auxerre aux gages de 160 l. sont du 13 juillet 1424.

(2) Bibl. nat., cabinet des titres, art. Regnier. — La famille de Bourbon figure en effet à Auxerre au xve siècle. Philippe de Bourbon, écuyer, fut capitaine d'Auxerre, de 1443 à 1451. Lebeuf, *Hist. d'Auxerre*, t. II, p. 263.

(3) Arch. de la Côte-d'Or, B. 345 et B. 348. — Dans une de ces pièces, de 1425, Jehan Regnier, écuyer, pannetier du duc de Bourgogne et bailli d'Auxerre, atteste que Pierre de Branay, écuyer, gruyer du duc au comté d'Auxerre et châtelain de Mailly-le-Châtel, a reçu ses gages de receveur d'Auxerre. — Sceau de Jean Regnier : *croix engrelée, cantonnée de quatre étoiles ou molettes à six rais.*

(4) Bibl. nat., trésor généalogique de dom Villevieile.

(5) Arch. de la Côte-d'Or, recueil de Peincedé, t. XXII, p. 680.

(6) E. Petit, *Avallon et l'Avallonnais*, pp. 82 et 208.

ne nous est pas connue. Comme il chevauchait sur les frontières de Picardie, il fut arrêté par des coureurs de la garnison française de Beauvais, ainsi que son valet et plusieurs écuyers de sa compagnie, les uns bourguignons, les autres anglais. Deux de ses camarades furent blessés, et lui-même fut roué de coups. La petite escorte fut emmenée à travers bois jusqu'à un ermitage où l'on passa la nuit, puis dirigée sur Beauvais et enfermée dans une prison par les terribles maraudeurs. Cet événement eut lieu un dimanche, quatorzième jour de janvier.

Le bailli ne voulant compromettre ni sa personne, ni la mission dont il était chargé, se donnait pour un pauvre diable, et

> .....faisoit la manière
> D'estre joyeux, fleuster et rire.....

Cette joie feinte fut de courte durée, car il fut fouillé et les lettres dont il était porteur ne purent laisser ignorer ni sa qualité, ni l'objet de son voyage.

Les routiers, transportés de joie d'avoir en leurs mains un homme de haut prix dont ils s'exagéraient la fortune, lui mirent les fers aux pieds et aux mains et le laissèrent sur la paille dans la tour de Beauvisage, dont la singulière appellation dut plus d'une fois provoquer d'amères réflexions chez le prisonnier. Puis, voulant courir à d'autres aventures et ne pouvant espérer le paiement immédiat d'une rançon qui menaçait d'être tardive, ils vendirent le captif à un bourgeois de Beauvais, nommé Pierre Dupuis, qui se promettait grand profit de ce marché, et que Jean Regnier appelle *son maître*.

Le *maître* réclamait une rançon de dix mille saluts d'or, et ne promettait au prisonnier pour toute nourriture que du pain et de l'eau jusqu'à paiement de cette somme. Le pauvre bailli eut beau protester de l'impossibilité de pouvoir réunir une pareille fortune, il fallut se résigner. Pour le moment, il obtint l'autorisation d'envoyer à Auxerre son valet Christophe Guillier, afin d'informer sa famille de sa triste mésaventure et trouver les moyens de le tirer d'embarras.

Christophe Guillier était en même temps porteur d'un reçu du bailli pour toucher de Jaquot du Vaux, receveur de l'Auxerrois, le dernier terme des gages de son maître échu à la Chandeleur. Ce document, particulièrement curieux, que nous avons eu la bonne fortune de trouver en original dans les archives de la Côte-d'Or (1),

---

(1) Arch. de la Côte-d'Or, B. 345 : « Je Jehan Regnier, panetier de mon-
« seigneur le duc de Bourgogne et son bailly en sa conté d'Auceurre,

ce muet témoignage écrit dans la prison de Beauvais, le 4 mars 1431 (1432 n. st.), donnant un autographe contemporain des *Fortunes et Adversités* et la signature authentique de l'auteur, a un double intérêt pour nous.

Pendant ce temps, Jean Regnier chercha à calmer l'ennui de sa longue captivité en apprivoisant des oiseaux, en faisant des chapeaux de fleurs, de la peinture et même de la broderie. Et, bien qu'il fût assez novice dans l'art de faire des vers, il voulut laisser le récit de ses malheurs et c'est ainsi qu'il composa une partie de ses *Fortunes et Adversités*.

On peut suivre depuis les premiers essais, qui accusent une inexpérience notoire, jusqu'au milieu du livre, les phases diverses d'émotions pénibles par lesquelles l'âme du poète a été agitée ; mais à mesure qu'il avance dans son œuvre, le style traduit avec plus de netteté la pensée de son auteur.

Les ballades, qui avaient d'abord occupé les loisirs des prisonniers compagnons d'infortune du bailli, ne tardèrent pas à circuler à Beauvais. Le beau monde de la ville commença à s'enquérir curieusement de ce personnage, et le beau monde n'admet pas qu'un sexe. La sympathie qui s'attache toujours au malheur lui attira nombre de visiteurs dans la tour de Beauvisage. Un écuyer lui demande une ballade pour apprendre à sa *mye* qu'il a été malade. Un gentilhomme normand lui réclame une pièce de vers pour sa fiancée. Une dame douce et belle lui apporte

« Ung brain de ne m'oubliez mie. »

D'autres demoiselles, touchées par ses malheurs, lui apportèrent peut-être des consolations qu'Ysabeau Chrétien n'eût pas approuvées. Les poètes ne sont pas obligés de tout raconter. Il fallut faire des vers pour les uns et pour les autres, et ces pièces rapportées dans son livre témoignent du plaisir qu'il avait d'obliger les âmes sensibles, en faisant diversion à ses malheurs personnels.

La bonne humeur bourguignonne reparait parfois, et Regnier s'amuse dans une ballade à raconter les infortunes d'un malheu-

---

« confesse avoir eu et receu de honnorable homme et saige Jaquot du
« Vaul, receveur de mondit sgr. en ladite conté, la somme de trente trois
« livres six sols et huit deniers tornois, qui deus m'estoient pour meiz
« gaigez pour mon dit office de bailly pour terme de Notre-Dame Chande-
« leur escheu en ce present an mil $iiii^c xxxi$, de laquelle somme de
« $xxxii$ l. vi s. $viii$ d. t. dessus dit, et pour ledit terme, je me tiens pour
« bien content. Tesmoing meiz scel et seing manuel cy mis, le iiiie jour
« de marz l'an dessusdit mil cccc trante et ung. »   « REGNIER ».

reux Anglais, prisonnier comme lui, ne sachant pas un seul mot de français, et ne faisant que répéter dans son idiome : « Seigneur, Vierge Marie, ayez pitié de moi ».

Le bruit de l'arrestation et de la détention du bailli d'Auxerre était parvenu à la cour de Charles VII, alors en Touraine, et plusieurs des ennemis de Regnier avaient fait de mauvais rapports sur son compte, le représentant comme un ennemi acharné et dangereux ; le roi envoya son bailli de Senlis, Alingeron, écuyer, pour ordonner la mort du prisonnier. Mais les sympathies que lui avaient attirées ses poésies et sa personne lui sauvèrent la vie. Les chevaliers qui se trouvaient alors en résidence à Beauvais s'opposèrent à cet ordre barbare, et notamment Pothon de Xaintrailles et La Hire, Robert Floquet, bailli d'Evreux, Théaulde de Valperge, Rigaud de Fontaines, les sires de Montieraulier et de Ricarville.

Plusieurs mois s'étaient écoulés depuis le départ du valet envoyé à Auxerre, et Regnier n'en avait reçu aucune nouvelle. Ceux qui le retenaient en prison, espérant toujours une grosse rançon, avaient d'abord ménagé leur victime ; mais après ce laps de temps, on lui retira sa flûte, on lui enleva les moyens d'écrire et on commença à l'accabler de mauvais traitements, à tel point que le pauvre bailli tomba gravement malade. Sentant sa fin prochaine, il fit son testament dans des termes empreints d'un profond sentiment de mélancolie et de résignation. Il règle les cérémonies de ses funérailles ; il désigne le monastère des Jacobins d'Auxerre comme lieu de sa sépulture, là où ses parents avaient été enterrés ; il nombre les ménétriers qui doivent accompagner son convoi, les maîtres vignerons qui le porteront en terre ; il se recommande à Dieu et à tous les saints du paradis, et termine par son épitaphe en quatorze vers.

La mort cependant ne le prend pas au mot et lui laisse le temps de faire plus complètement ses adieux. Il en use largement. Il fait ses adieux à tout ce qu'il aime, au duc et à la duchesse de Bourgogne, aux chevaliers, aux écuyers, à toute la noblesse, à la pauvre cité d'Auxerre, à ses amis et parents de Vézelay, aux dames, demoiselles et bourgeoises, aux prélats et aux gens d'église, à ses compagnons de prison, à son maître Pierre Dupuis, à Beauvais et au Beauvoisis, à sa femme et à ses enfants.

Puis, comme si l'accomplissement de ces devoirs eût jeté dans son âme une salutaire quiétude, il revint tout doucement à la santé, sans espoir toutefois d'un adoucissement aux rigueurs de la prison.

Après avoir sollicité des secours de ses parents et amis, Jean

Regnier eut la douleur de constater qu'il serait préférable d'avoir

« Moins de parents et plus d'amis » ;

car aucun d'eux ne se mit en peine de le tirer d'embarras, sauf un ami qui, dans sa prison, s'intéressait à ses infortunes, et dont il indique le nom dans une charade en huit vers.

Un seul moyen lui offrait des chances de salut, c'était de se mettre lui-même en route pour aller solliciter la générosité de ses protecteurs; mais on réclamait comme otages sa femme et son fils. Il se décida donc à les faire venir à Beauvais, après leur avoir fait délivrer à Auxerre un sauf-conduit du sire de Gaucourt, lieutenant du roi. Mais malgré ce sauf-conduit, Ysabeau Chrétien et son fils furent arrêtés en route et jetés en prison. L'infortuné bailli d'Auxerre ne connut que leur arrestation, sans pouvoir obtenir d'autres nouvelles.

Ce fut pour lui la période la plus cruelle de cette cruelle détention. Il appelait au fond de son cachot la mort, préférable aux angoisses qu'il éprouvait, et les ballades qu'il s'efforça de composer traduisent les douloureux sentiments de son âme. Dans son long exil, Charles d'Orléans n'a pas eu d'aussi dures et d'aussi émouvantes perplexités.

Enfin, après quelque temps de détention et de mauvais traitements, Ysabeau Chrétien et son fils arrivèrent à Beauvais sur la fin d'avril 1433, et se mirent en otage pour Regnier, dont la rançon avait été définitivement fixée à trois mille écus. On rendit momentanément la liberté au prisonnier moyennant mille écus comptant, et la promesse d'en retrouver deux mille pour la délivrance des otages.

IV

C'est avec une émotion facile à comprendre que le bailli d'Auxerre, en sortant du cachot où il avait été quatorze mois enseveli, rend compte de ses impressions à la vue du ciel et des campagnes fleuries du mois de mai :

« Et je me trouvay sur les champs
« Je ouy des oyseaulx les chants
« Que chantoient du moys de may,
« Et combien que fusse en esmay
« Mon cueur se print à resjouyr... »

Il se mit aussitôt à la recherche d'un pleige ou caution pour tenir prison à la place des otages qui lui étaient chers. Il alla en droite ligne à Auxerre solliciter ses parents pour obtenir d'eux des secours et de l'argent, mais sa présence n'eut pas davantage le pouvoir d'ouvrir leur bourse. Indigné de cette indifférence, il partit à Dijon, et n'y ayant sans doute pas trouvé le duc de Bourgogne qu'il cherchait, il revint en Champagne par Châtillon-sur-Seine, puis gagna Lille en Flandre, Tournay, Gand, Bruges, Malines, Bruxelles, racontant partout ses malheurs, et partout donnant le poétique récit de ses infortunes. Les seigneurs, qu'il avait le talent d'intéresser, lui accordaient une cordiale hospitalité et lui faisaient composer « chansons, rondeaux, mottez, virelais et ballades ».

C'est au milieu de ce voyage, alors qu'il était à Gournay, cherchant toujours caution pour délivrer ses otages, que se passe cet épisode de la demoiselle de Blangis dont nous avons parlé, qui lui a fourni le sujet d'une de ses plus charmantes ballades.

Si les parents de Jean Regnier ne contribuèrent pas à l'aider dans ses malheurs, il trouva plus de désintéressement chez ses compatriotes auxerrois et dans les nouvelles amitiés qu'il avait su se concilier. Il fut toutefois forcé de vendre une partie de ses biens, et probablement la terre de Laduz (1) qu'il tenait de ses parents. Le duc Philippe le Bon lui fit faire des avances, et le gratifia de telles libéralités que le bailli put enfin retirer sa femme et son fils de la dure prison où ils étaient retenus depuis cinq ou six mois.

Après cela, Regnier proclame avec attendrissement les bienfaits du duc de Bourgogne, mais les dépenses occasionnées par ces lourdes rançons le laissent dans un grand état de gêne et ne lui permettent pas de subsister :

« Et si n'a que cent francz de gaiges
« Pour tout son estat maintenir,
« Lui quinziesme et deux mesnages,
« Et si luy fault tout soutenir... »

Nouvelles suppliques à Philippe le Bon et à sa tante la duchesse. Ces réclamations ne restèrent pas sans résultat, et il paraît certain que le duc, très sensible aux charmes de la poésie et qui se

---

(1) Et non la seigneurie de Guerchy, comme le dit l'abbé Lebeuf, puisque Jean Regnier ne devint que longtemps après possesseur de ce domaine, ainsi qu'on le verra plus loin.

mêlait parfois d'en faire (1), répondait à toutes ces demandes par de nouvelles libéralités.

D'ailleurs, les circonstances étaient trop difficiles, et Philippe le Bon avait trop d'intérêt à ménager un serviteur aussi actif et aussi dévoué que le bailli d'Auxerre. Les ennemis venaient de prendre la Charité-sur-Loire, une place forte située sur les limites de ses états; Jean Régnier se rendit aussitôt à Dijon pour arrêter le plan de campagne. On le chargea de conduire cette entreprise, et, le 10 novembre 1436, il partit de Dijon pour aller à Nevers s'entendre avec le capitaine Perrinet Grasset, le sire de Poitiers et autres. Après des négociations habilement conduites, la place fut rendue moyennant finance (2).

En 1439, Regnier, fort aimé à la cour de Bourgogne, fut invité à Châlon à des fêtes, joutes et tournois qui s'y donnèrent. Marie d'Anjou, reine de France, Marguerite d'Ecosse, la dauphine, la duchesse de Bourgogne, la princesse de Calabre et les nombreuses dames qui y assistèrent, prièrent le bailli d'Auxerre de faire une ballade, et cette pièce, heureusement conservée, figure dans son livre, ainsi qu'une autre ballade composée à Reims, à la requête des dames de la Cour de Bourgogne, dont chaque strophe finit par ces vers :

« Il n'est ouvrage que de reins..., »

reproduisant le nom de la ville sous divers sens assez risqués, mais pas assez cependant pour blesser la pudeur des robustes damoiselles du xve siècle.

Il est à croire que les succès poétiques rapportèrent plus au bailli d'Auxerre que l'amitié de son ingrate famille. C'est du reste l'époque la plus heureuse de son existence, et la libéralité de ses illustres protecteurs l'avait depuis longtemps indemnisé de ses souffrances passées. Sa captivité prolongée ne lui avait rien fait perdre de ses émoluments. En son absence, les fonctions de bailli étaient remplies par son lieutenant Pierre de Branay ; Jacquot du Vaux s'occupait des recettes et dépenses (3), et Jean Lusurier,

(1) On a plusieurs ballades de Philippe le Bon adressées à son cousin Charles d'Orléans, en réponse à des vers que ce dernier lui avait envoyés. — Voir l'édition des poésies de Charles d'Orléans, publiée par Champollion-Figeac.

(2) Arch de la Côte-d'Or, Chambre des Comptes, B. 1659; Comptes de Mathieu Regnaut, receveur général, 1435-1436.

(3) Les deux comptes de Jacquot du Vaux, receveur de l'Auxerrois, pendant les années 1432-1433, qui n'existent plus aux archives de la Côte-d'Or, Chambre des Comptes, ont été sommairement analysés par Etienne Pérard, et se retrouvent à la Bibl. nat., Collect. Bourgogne, t. XXVI.

« licencié ès loix, advocat et conseiller du duc », était chargé de rendre la justice aux gages annuels de trente livres. Ainsi l'administration du comté d'Auxerre n'eut pas à souffrir de son absence.

C'est par suite des largesses du duc que Jean Regnier put acquérir de divers possesseurs, le 15 mars et le 5 août 1441, le château et la terre de Garchy, aujourd'hui Guerchy, « en laquelle place souloit avoir forteresse, fossez, pont levis et jardins (1) ». Ce domaine sis à peu de distance d'Auxerre, lui permettait d'aller se reposer des fatigues de sa charge. C'est seulement à dater de cette époque qu'il prit dans les actes la qualité de seigneur de Guerchy qu'il porta jusqu'à sa mort, et que ses héritiers portèrent après lui.

A la suite d'une requête que fit Jean Regnier au duc Philippe le Bon au sortir de prison, est une autre supplique que l'on pourrait croire de même date, mais qui n'a été faite que longtemps après. Elle n'a été mise à la suite de la précédente que par la fantaisie du premier éditeur de ces poésies. Dans cette pièce, l'auteur déclare qu'il n'est plus jeune, qu'il ne pourra porter écu ni lance, que ce serait folie à lui de vouloir danser, et qu'il a fidèlement servi le duc pendant trente-six ans. Cette pièce n'a été composée qu'en 1460 environ.

Ce petit livre n'offre d'ailleurs très probablement qu'une partie de l'œuvre de Jean Regnier. L'éditeur qui les publia plus de cinquante ans après sa mort, ne suivit pas l'ordre de leur composition. Il y a telle pièce qui ne fut écrite que quinze ou vingt ans après les événements accomplis et à une époque plus calme de son existence. Quand il cite une chanson de *maistre Alain, duquel Dieu ayt l'âme*, il veut assurément parler d'Alain Chartier, décédé

---

(1) Voici l'analyse de ces deux actes rapportés dans les mss de la Bibl. nat, Trésor généalogique de Dom Villevieille, et dans l'inventaire de Marolles.

—15 mars 1441 (n. st.) — Jehan Regnier, écuyer, bailli d'Auxerre, achète diverses terres à Garchy, de Marie de Garchy, dame d'Arbloy et du Hénon, femme de Simon de Corlon, écuyer, sœur de feu Amé de Garchy, chevalier. Témoins de cet acte : Jean de Garchy, seigneur de Chasseigne, Gaucher de Corguilleray, écuyers.

— 5 août 1441. — Par devant Regnault Guiton, garde du scel de la prevosté d'Auxerre, furent présents Guillaume de Marcilly, écuyer, seigneur de Chemilly, qui, pour lui et pour Ysabeau de Garchy, sa femme, auparavant femme de feu Jehan du Moustier, vend à Jehan Regnier, écuyer, bailli d'Auxerre, la place de Garchy, laquelle avait été achetée par Jehan du Moustier et sa femme, de Jehan Gontier, moyennant le prix de quatre cent soixante quinze livres tournois.

vers 1458. Il est certain que l'ensemble de ses *Fortunes et Adversités* furent en partie composées dans sa prison, comme il l'a dit lui-même, mais d'autres pièces bien postérieures y furent ajoutées.

V

On peut encore citer de nombreux documents émanés du bailli d'Auxerre et munis de son sceau (1). Mais la faveur dont il jouissait à la Cour de Bourgogne se manifeste par de nouvelles acquisitions importantes, dues à la munificence de son puissant protecteur Philippe le Bon.

Jean de Chardonnet, écuyer, et Jeanne de Guerchy, sa femme, vendent à notre bailli, le 21 mars 1456, pour la somme de 313 livres 15 sols, les seigneuries de Champloiseau-les-Guerchy et de la Motte-Jourdain, qui relevaient du comté de Joigny (2). Les cent livres de gages de Jean Regnier ne pouvaient assurément lui permettre d'aussi grandes acquisitions.

Ce n'est pas tout, car on le voit peu après possesseur des terres de Narbonne, de Fleury, de Branches, de Champvallon (3), sans doute par suite de nouvelles acquisitions. En 1446, il est proprié-

---

(1) 1442, 22 avril. — Bail par Jehan Regnier, écuyer, seigneur de Guerchy et bailli d'Auxerre, au nom du duc de Bourgogne, à Guiot Chauvot, pour des héritages à Montigny, bailliage d'Auxerre. (Arch. de la Côte-d'Or, Recueil du Peincedé, t. II p. 534).

— 1445-1446. — Six quittances et certificats de Jehan Regnier, seigneur de Guerchy, conseiller du duc et bailli d'Auxerre, pour le paiement de ses gages au receveur d'Auxerre. (Arch. de la Côte-d'Or, B. 350, pièces scellées).

— 1447. — Quittance de Jean Regnier, seigneur de Guerchy, conseiller du duc et bailli d'Auxerre. (Arch. de la Côte-d'Or, B. 348, sceau à moitié rompu).

— 1451. — Quittance du même, pièce scellée, et certificat de Jacques du Val ou Vault, ancien receveur, et alors procureur du roi et du duc au bailliage d'Auxerre ; le sceau de du Val porte *un chevron accompagné de trois quinte-feuilles*. (Arch. de la Côte-d'Or, B. 350).

(2) Jean de Guerchy, seigneur de Chasseigne, avait donné en dot les seigneuries de Champloiseau-les Guerchy et de la Motte-Jourdain, en mariant sa fille Jeanne de Guerchy, avec Jean de Chardonnet. (Bibl. nat. Invent. Marolles, 746).

(3) Aveu de Jean Regnier, bailli d'Auxerre, pour les dites terres à Rogerin Blosset, châtelain de Saint-Maurice-en-Thizouailles, le 15 janvier 1460. (Bibl. nat., Cabinet des titres, art. Regnier).

taire d'une maison avec ouvroir, place du pilori, à Auxerre(1). En 1458, il loue à un particulier une autre maison dans la grande rue des Champs, place Saint-Eusèbe (2). Vers la même époque, il prélevait une rente sur la prévôté de Vermenton (3). Cette fois, la libéralité du duc se change en prodigalité à l'égard de son poète favori.

Il ne faut donc pas prendre au pied de la lettre les doléances *du povre bailli d'Auceurre.* Ce sont pures fleurs de rhétorique, qui nous inspirent désormais moins de commisération.

Plusieurs domaines de Jean Regnier relevaient du comté de Joigny, pour lesquels il devait rendre foi et hommage (4). La comtesse de Joigny, Anne de Chauvigny, femme de Louis de la Trémoille, étant morte fort jeune en 1456, il fit une longue complainte pour célébrer ses vertus et plaindre les pauvres qui perdaient une si charitable bienfaitrice.

Jean Regnier était devenu riche et puissant et portait l'épée haute, mais la faveur officielle dont il jouissait lui avait suscité des ennemis. De là ces basses dénonciations de la part de certains courtisans jaloux, dont il sut toujours se tirer avec honneur, et dont il a laissé le souvenir dans son livre. On a quelques raisons de croire que Philibert de Jaucourt, seigneur de Villarnoul et de Maraut, d'abord capitaine, puis gouverneur de l'Auxerrois, fut un de ces ennemis, car, précisément à cette époque, ils étaient en procès, et c'est par ordre du comte de Nevers, ami de Regnier, que le sire de Jaucourt fut destitué (5).

(1) Arch. de l'Yonne, H. Supp' 2499, comptes des grandes charités d'Auxerre.

(2) Arch. de l'Yonne, H. Supp' 2501, comptes des grandes charités d'Auxerre.

(3) 1469, 3 novembre. — Dénombrement par Marguerite de La Roche-Guion, fille et héritière par bénéfice d'inventaire de Pierrette de la Rivière, en son vivant dame de La Roche-Guion, et première dame d'honneur de la feue reine Marie de France, de la terre et seigneurie de Vincelles, et de dix livres de rente sur la prévosté de Vermanton, qui avaient auparavant appartenu à Jehan Regnier, l'aîné, bourgeois d'Auxerre. (Arch. de la Côte-d'Or, Recueil de Peincedé).

(4) Nous avons un acte de foi et hommage du 15 janvier 1461 (n. st.), rendu par Jehan Regnier, pour les terres de Guerchy, de Fleury et Narbonne. (Bibl. nat., cabinet des titres, art. Regnier) et Trésor géologique de dom Villevicille).

(5) Cette destitution a lieu en 1465; Lebeuf, *Histoire d'Auxerre,* t. II p. 463. — Comparer la ballade à Montbléru dans laquelle est cité le procès avec le sire de Jaucourt.

Le comte de Nevers tenait le bailli d'Auxerre en telle estime qu'il lui adressait des vers, et notamment la ballade composée à Montenoison, sur la bonne chère que l'on faisait dans ce château et l'agréable vie qu'on y menait. Cette pièce contient des détails curieux sur les mets alors en usage, et provoque à la fin une réponse qui ne se fit guère attendre.

Le comte de Nevers était un des commensaux du duc Charles d'Orléans, il avait plusieurs fois pris part aux joûtes littéraires de cette cour de Blois, dans laquelle figuraient le roi de Sicile, les comtes d'Alençon et d'Etampes, Boucicaut, Olivier de la Marche, Gui et Philippe Pot, le bâtard Jacques de la Trémoille, et aussi Villon.

Jean Régnier sut conserver jusqu'à la mort la fructueuse amitié de ses maîtres, et eut cette faveur tout à fait exceptionnelle de toucher les émoluments d'une charge dont son grand âge ne lui permettait plus d'exercer les fonctions. Il avait, en 1444, Jean Boisard pour lieutenant (1), qu'il fit remplacer peu après par Jean Régnier, le jeune, que je crois son fils (2).

En 1465, notre poète fut relevé de ses fonctions de bailli et obtint par son crédit la nomination de son neveu Guillaume de Montbléru ; mais les lettres du duc, datées de Bruxelles le 26 octobre de cette année, en instituant le nouveau titulaire et en gratifiant son lieutenant Jean Régnier, le jeune, d'un don annuel de vingt livres, maintenait expressément le traitement de *Jehan*

(1) En 1344, Jean Boisard, lieutenant du bailli Jean Régnier, jura de maintenir les privilèges octroyés par la comtesse Mahaut. D'après le nécrologe des Cordeliers d'Auxerre, il fut enterré dans le cimetière de ce monastère, le 1er septembre 1353. (Lebeuf. *Hist. d'Auxerre*, t. II, p. 453).

(2) Jehan Régnier, le jeune, était lieutenant du bailli dès 1450 (Lebeuf, (*Hist. d'Auxerre*, t. II, p. 454), et figure au nombre des échevins d'Auxerre, en 1456 (*Idem*, t. II, p. 470). C'est chez lui que fut célébrée, le 10 juillet 1461, la fête des arbalétriers (*Idem*, t. II, p. 454). Il fut envoyé à Dijon, en 1465, comme député avec Thomas de la Plotte, doyen, et Guillaume Gontier, auprès des officiers de la Chambre des Comptes. On a de lui une quittance ou certificat de cette même année, pièce munie d'un sceau un peu effacé, portant la *croix dentelée cantonnée de quatre molettes*, sceau identique à celui de son père (Arch. de la Côte-d'Or, B. 376). — Le 23 août 1467, il passa en son nom et au nom de Jehan Régnier une transaction au sujet du bois de Lames, à Chasseigne, avec Claude de Saint-Jullien, écuyer, en présence de Pierre de Courtenay, seigneur de La Ferté-Loupierre et de Lancelot des Barres. (Bibl. nat. ; cabinet des titres, art. Régnier.)

Regnier, l'aisné, bailli d'Aucerre, tant et si longuement qu'il vivra (1).

Cette famille de Montbléru, originaire de Bruges, occupait depuis près d'un demi-siècle déjà des fonctions dans l'Auxerrois. En 1435, Pierre de Montbléru, écuyer, était échanson de la duchesse de Bourgogne, et avait, croyons-nous, épousé une sœur de notre poète (2). Guillaume de Montbléru, qui paraît être son fils, s'intitule écuyer, seigneur de Montbléru, conseiller et maître d'hôtel du duc de Bourgogne et du comte de Charrolais (3). Ce bailli d'Auxerre mourut à Bruges, en 1468, et fut enterré dans la chapelle des Pénitents de cette ville où un mausolée lui fut érigé (4). A sa mort, Jean Regnier, le jeune, fut nommé bailli par le duc, le 6 septembre 1468, acte ratifié par les lettres patentes du roi, datées de Péronne, le 11 octobre 1468. Le nouveau titulaire prêta serment entre les mains du chancelier dans le courant du même mois, avec cette mention qu'on ne doit pas passer sous silence : *Les gaiges duquel office appartiennent à Jehan Régnier, l'esné, cy-devant bailly d'Aucerre, ainsi qu'il en jouissait du vivant dudit Montbléru* (5).

(1) Comptes de l'Auxerrois, Bibl. nat., collect. Bourgogne, t. XXVI, mss. de Pérard.

(2) Le 12 janvier 1435, Pierre de Montbléru, dit *le Borgne*, écuyer, échanson de la duchesse de Bourgogne, donne quittance de 91 l. pour sa pension d'une année. (*Orig*. Bibl. nat., cabinet des titres, t. 1987).

(3) 23 septembre 1466. — Commission royale pour saisir les terres de Corvol Dambernard pour défaut d'hommage sur dame Pierrette de la Rivière, dame de la Roche-Guion, commission adressée à Guillaume de Montbléru, escuier, seigneur de Montbléru, conseiller et maistre d'hostel de Mgr le comte de Charroloys, bailly d'Aucerre, juge royal commis par le roy (Arch. de la Côte-d'Or, B. 10425, fol. 202 r° et v°, et *Recueil de Peincedé*, t. II, p. 487).

— Juin 1467. — Amortissement d'un legs fait par Guillaume de Montbléru « aux metiers des paintres, des selliers et des mirouelliers de Bruges », à charge de deux messes à célébrer dans la chapelle Saint-Leu (Arch. du Nord, B. 1693, Chambre des Comptes de Lille).

— Juin 1467. — Amortissement de biens jusqu'à concurrence de 120 l. que pourra acquérir dans le comté d'Auxerre Guillaume de Montbléru, maître d'hostel du duc de Bourgogne (Arch. du Nord, *idem*, B. 1693).

(4) *Orig*. Bibl. nat., cabinet des titres, t. 1987, d'après les mss. de Palliot, t. I, fol. 199. Voir aussi le compte de Jean Blanchet, receveur de l'Auxerrois, 1467. Arch. de la Côte-d'Or, B. 2578.

(5) Compte de Jean Blanchet pour l'année finie à la Saint-Jean 1469, Bibl. nat., collect. Bourgogne, t. XXVI, analyse des comptes de l'Auxerrois, par Etienne Pérard.

Il est donc certain que notre poète vivait encore à cette date, que Charles le Téméraire lui avait continué les faveurs de Philippe le-Bon, et que les émoluments de sa charge lui furent maintenus pendant l'exercice de ses successeurs Guillaume de Montbléru et Jean Régnier le jeune (1), alors qu'il devait être dans sa soixante-dix-septième année.

VI

La généalogie des ancêtres du bailli d'Auxerre est assez difficile à établir, malgré les nombreux documents qui les concernent. Ces Jean Régnier, qui paraissent simultanément aux XIVe et XVe siècles, et qui se succèdent sans interruption, sont si nombreux qu'ils donnent lieu à d'inévitables confusions. Les titres de la maison Régnier de Guerchy ont été brûlés, le dimanche soir 5 août 1790, sur la place de Dijon, et les généalogies conservées au cabinet des titres à la bibliothèque nationale ne nous paraissent pas de tout point exactes. Plusieurs d'entre elles présentent des anachronismes que nous n'avons pas la prétention d'expliquer.

Les documents qui n'attribuent qu'une fille au bailli d'Auxerre (2) sont en contradiction avec d'autres pièces qui la font sa petite fille. Le fils de notre poète, nommé aussi Jean Régnier, aurait épousé Marie de Clugny, dont la fille unique Marie se maria, en 1456, avec un autre Jean Régnier, fils de Philibert, seigneur du Deffand, de Saint-Pourçain en Auvergne et de Cauvrailles, qui mourut en 1473 (3). Devenue veuve, Marie Régnier épousa en

(1) Dans un dénombrement du 3 novembre 1469, fourni par Marguerite de la Roche-Guion, fille et héritière par bénéfice d'inventaire de Pierrette de la Rivière, en son vivant dame de la Roche-Guion et première dame d'honneur de la feue reine Marie de France, dénombrement relatif à la terre de Vincelles, il est question de la rente sur la prévôté de Vermenton, qui avait appartenu à *Jehan Régnier, l'aisné*, bourgeois d'Auxerre (Arch. de la Côte-d'Or, *Recueil de Peincedé*). — L'un des derniers actes personnels de notre poète est du 8 juin 1467, c'est la vente d'une vigne faite par *Jehan Régnier, l'aisné, seigneur de Guerchy, jadis bailly d'Auxerre* (Arch. de l'Yonne, H. 1322, fonds du prieuré de Saint-Amatre).

(2) Si Marie Régnier était fille et non petite-fille du poète, on ne s'expliquerait pas qu'elle pût avoir ses enfants mineurs en 1482, alors qu'elle fut remariée avec Gilles Lamy, seigneur de Monéteau (voir les notes qui suivent). Il faudrait la faire naître alors que notre poète était déjà fort âgé.

(3) Bibl. nat., cabinet des titres, art. Régnier. — Ce Jehan Régnier mourut en 1473, et sa femme fut tutrice et curatrice de ses deux enfants,

secondes noces Gilles Lamy, seigneur de Monéteau, qui, en cette qualité, portait, en 1482, le titre de seigneur de Guerchy et de tuteur des enfants du premier mariage de Marie (1). Signalons un quatrième Jean Regnier, seigneur de Montmercy, d'abord capitaine de Fresne-Saint-Mametz, puis bailli d'Auxerre, que l'on suit jusqu'en 1496 (2), et dont l'homonymie contribue à augmenter la confusion. Nous ne connaissons pas la parenté de ce personnage

par acte du 16 novembre 1473, conjointement avec Gilles Lamy, écuyer, seigneur de Monéteau, avec lequel elle se maria en deuxièmes noces, et qui, en cette qualité, fit faire inventaire par le tabellion de la prévôté d'Auxerre, le 24 novembre 1475, qui en donna la confirmation à Philippe de Chavange, lequel la vendit à Robin de Beauvoir. Ce dernier en fit don à Pierre et Antoinette, enfants de Jehan Régnier et de Marie. — Jehan Régnier de Vauvrailles porte comme son père Philibert *d'azur à six besans d'argent*.

(1) Ces faits sont confirmés par une pièce de 1482, que nous trouvons en original dans les archives de la Côte-d'Or. C'est une quittance donnée au receveur du bailliage d'Auxerre par Gilles Lamy, écuyer, seigneur de Monéteau et de Guerchy, tant pour lui, à cause de sa femme, que pour Antoinette et Pierre Régnier, enfants mineurs de feu Jehan Régnier, en son vivant seigneur dudit Guerchy, et comme leur tuteur et curateur, pour la location d'une maison où l'on tient la juridiction et les prisons pour le roi à Vermenton. (Arch. de la Côte-d'Or, B. 11706, et *Recueil de Peincedé*, t. XXIV, p. 581.)

(2) En septembre 1469, Jehan Régnier, écuyer, seigneur de Montmercy, conseiller et écuyer d'écurie du duc, bailli d'Auxerre, est témoin du procès-verbal de la reprise de fief de Corvol-Dambernard, à la requête de Marguerite de la Roche-Guion, dame de Fouvent, de Cusy et de Corvol, veuve de feu le seigneur de Vergy et de Fouvent. Jehan Thiard, lieutenant du bailli et seigneur du Mont-Saint-Sulpice, assiste à cet acte (Arch. de la Côte-d'Or, B. 10425, fol. 200-201). — Pour les années 1473-1474, voir sur ce personnage *Avallon et l'Avallonnais*, p. 258 et 264, et Arch. de la Côte-d'Or, B. 4754 (comptes de Fresnes-Saint-Mametz).—Le 1er mars 1474, Charles le Téméraire donne provision de l'office de capitaine et de châtelain de Saint-Mametz, bailliage de Dijon, en faveur de Jean Chaussin, par suite de la résignation faite par Jehan Régnier, écuyer, bailli d'Auxerre, entre les mains du seigneur de Saillant et d'Epoisses, chancelier de Bourgogne (Arch. de la Côte-d'Or, *Recueil de Peincedé*, t. II, p. 463). — Quittance de 1476 par Jehan Régnier, écuyer, seigneur de Montmercy, bailli d'Auxerre, pièce scellée d'un sceau semblable à celui du poète (Arch. de la Côte-d'Or, B. 350, et *Recueil de Peincedé*, t. XXIII, p. 647). — Voir encore d'autres pièces de 1490, 1494, 1495 et 1496 dans Lebeuf, *Hist. d'Auxerre*, t. II, p. 474; Arch. de la Côte-d'Or, *Recueil de Peincedé*; Bibl. nat., cabinet des titres, art. Régnier.

dont le sceau est identique à celui du poète (1), dont il doit être un petit neveu.

Il est certain que la terre de Guerchy échut aux descendants de notre poète, d'après le tableau généalogique ci-joint (2).

Les Régnier de Guerchy, qui ont porté les titres de barons, de comtes, de marquis, qui ont possédé les terres de Gastines, Vauvrailles, Latrecey, Champloiseau, Bazarnes, Champoulet, Pasilly, Sanvigne, etc., et qui ont joué un rôle important au siècle dernier, en sont directement issus (3). Le dernier descendant mâle, le comte Louis-Ferdinand de Guerchy, après avoir dissipé une partie de sa fortune, sous Louis-Philippe, obtint la direction du théâtre du Vaudeville, et mourut assez tristement à l'hôtel des Invalides, en 1852.

(1) *Croix endenchée cantonnée de quatre molettes à six rais.*

(2) Marie Régnier, petite-fille du poète, ayant épousé Jehan Régnier, de Vauvrailles, fils de Philibert, dont l'écu portait *d'azur à six besans d'argen', 3, 2 et 1 ;* ce blason fut conservé par les Régnier de Guerchy.

(3) Voir pour cette descendance l'*Annuaire de l'Yonne,* 1883, pp. 70-222 ; A.-M. Moreau, *Guerchy et ses seigneurs.*

GÉNÉALOGIE

Du poëte JEAN RÉGNIER

BAILLI D'AUXERRE

PIERRE RÉGNIER, écuyer, échevin d'Auxerre, 1387...1410, garde du scel de la prévôté d'Auxerre + 1411, épouse *Marguerite Vivienne*, veuve 1411.

JEAN REGNIER, le poëte, bailli d'Auxerre, 1424-1465...... 1411 + 1469, épouse *Ysabeau Chrestien*, dame de la Fontaine.

X... RÉGNIER, épouse *Pierre de Montbléru*.

JEAN RÉGNIER + avant son père, épouse *Marie de Clugny*.

PHILIBERT RÉGNIER, seigneur du Deffand, Vauvrailles, Saint-Pourçain-en-Auvergne, 1442, épouse *Marguerite*

GUILLAUME DE MONT-BLÉRU. bailli d'Auxerre 1465 + 1468.

MARIE RÉGNIER épouse : 1º JEAN REGNIER (ci-contre) seigneur de Vauvrailles, 2º Gilles Lamy, seigneur de Monéteau, tuteur des enfants de Marie en 1473-1482.

JEAN RÉGNIER, seigneur de Vauvrailles, épouse Marie Régnier (ci-contre)

JACQUES RÉGNIER.

PIERRE RÉGNIER rend hommage pour Guerchy 1493 + avant 1504, épouse *Perrette de Charnai*, remariée au seigneur d'Autry.

ANTOINETTE RÉGNIER épouse *Jean de St-Etienne.*

JEAN RÉGNIER, seigneur de Montmercy, conseiller et écuyer d'écurie du duc bailli d'Auxerre 1469-1496.

EDME RÉGNIER, écuyer, seigneur de Guerchy, épouse le 25 mai 1534, *Françoise d'Etampes*, fille de Louis d'Etampes, seigneur du Mont-Saint-Sulpice.

Jeanne.

Antoinette épouse le 15 décembre 1517 Jean de Chassy, écuyer.

Françoise.

CLAUDE DE RÉGNIER, seigneur de Guerchy, chevalier de l'ordre du Roi, 1581-1587, épouse le 3 septembre 1565, *Anne de Giverlay*, veuve en 1611, achète Bazarnes.

(continue la lignée.)

Georges, chevalier de Malte, fournit ses preuves, 1558, commandeur de Fours, 1600.

Louis, écuyer, seigneur de Champloiseau, 1565.

Adrien, écuyer, seigneur de la Rivière 1565.